Nuestras ma

por John Serrano

Un perro es una mascota.
Me gusta mi perro.

Un pez es una mascota.

Me gusta mi pez.

Un pájaro es una mascota.
Me gusta mi pájaro.

Un caballo es una mascota.
Me gusta mi caballo.

Una tortuga es una mascota.
Me gusta mi tortuga.

Un gato es una mascota.
Me gusta mi gato.

Un hámster es una mascota.
Me gusta mi hámster.

Me gusta mi mascota.